AF357757

VENTE

du Vendredi 12 Avril 1907

HOTEL DROUOT — SALLE N° 9

TABLEAUX

ANCIENS & MODERNES

AQUARELLES, DESSINS, PASTELS

GRAVURES

COMMISSAIRE-PRISEUR

Mᵉ E. BOUDIN

EXPERT

M. JULES FÉRAL

NOTICE

DE

TABLEAUX

ANCIENS & MODERNES

AQUARELLES, DESSINS, PASTELS

GRAVURES

PAR

Van Artois, Bertin, Demay, Jeaurat, Guaspre Poussin
P. Lauri. N. Maas, Snayers, E. Swebach, etc., etc.
Berne Bellecour, H. de Brackeleer, J. Lewis Brown
Cabanel, N. Gœnzutte, Schnetz, Ary Scheffer, etc., etc.

DONT LA VENTE AURA LIEU

HOTEL DROUOT — SALLE N° 9

Le Vendredi 12 Avril 1907

A DEUX HEURES

<table>
<tr><td>COMMISSAIRE-PRISEUR</td><td>EXPERT</td></tr>
<tr><td>Me E. BOUDIN</td><td>M. Jules FÉRAL</td></tr>
<tr><td>14 — Rue Grange-Batelière</td><td>7 - Rue Saint-Georges - 7</td></tr>
</table>

EXPOSITION PUBLIQUE

Le Jeudi 11 Avril 1907, de 1 heure 1/2 à 6 heures

CONDITIONS DE LA VENTE

———

Elle sera faite au comptant.

Les acquéreurs payeront *dix pour cent* en sus des enchères.

L'exposition permettant au public de se rendre compte de l'état et de la nature des objets, il ne sera admis aucune réclamation une fois l'adjudication prononcée.

DÉSIGNATION

AQUARELLES, DESSINS

PASTELS, GRAVURES

1 — BERTRAND (Noël). Portrait de Napoléon
le Grand. Gravure d'après David.

2 — BOUCHER (D'après). Nymphe surprise.
Pastel. Cadre en bois sculpté.

3 — DUPUY (Félix). Scène du Directoire. Dessin au crayon noir, à la sanguine et à l'estompe
rehaussé de blanc.

4 — GRANET. Escalier de monastère. Aquarelle.

5 — HUGUES (Martin). Monuments romains.
Dessin au bistre rehaussé de gouache.

6 — HUILLARD (Esther). Etude de jeune
femme. Pastel, signé à gauche.

7 — JANET. Le Départ pour le marché. Gravure.

8 — JANET. Le Marché conclu. Gravure.

9 — MARIE (A.) Fillette buvant dans un verre.
Pastel.

10 — SCHEFFER (Ary.) Etude d'expression.
Pastel, signé et daté 1843.

11 — TILBERT (A.) Vue de parc. Aquarelle.

12 — VERNET (Genre de Carle). Les Joueurs
de palet. Dessin à l'encre de Chine.

13 — VIGÉE-LEBRUN (Attribué à Mme). Jeune
femme vue de dos. Pastel.

14 — ECOLE FRANÇAISE. Paysage avec figures
et ruines romaines. Aquarelle.

15 — ECOLE FRANÇAISE. Vue prise aux environs de Rome. Aquarelle.

16 — ECOLE MODERNE. Portrait de Rossini. Pastel.

17 — Gravures anglaises.

TABLEAUX

ANCIENS ET MODERNES

18 — ARTOIS (Van). Le Repas champêtre. Signé et daté 1647.

19 — ATTENDU. Le Vieux musicien.

20 — BERNE BELLECOUR. Soldat blessé. Signé et daté 1896.

21 — BERTIN. Le Chêne.

22 — BERCHEM (Attribué à Nicolas). Bergère et animaux.

23 — BORDES. La Toilette du modèle. Signé et daté 1897.

24 — BOUCHER (Ecole de). Vénus et Vulcain.

25 — BOULANGER (Gustave). Cortège romain.

26 — BOUY (G.) Figure allégorique.

27 — BRONEN (F.-A.) Vieille femme allumant une pipe. Signé et daté 1723.

28 — BROWN (John Léwis). Cavaliers sur une route. Signé et daté 1883.

29 — BRAEKELEER (Henri de). Ménagère dans une cour flamande.

30 — BRUANDET (Attribué à). Entrée de forêt avec paysanne sur une route.

31 — CABANEL. Tête de satyre. Etude d'après Rubens.

32 — CALLOT (D'après). Les Joueurs de carte.

33 — CASANOVA (Y. Estorach). Un chantre.

34 — CATOIRE. Une ferme. Signé.

35 — CHRÉTIEN. Vue du Pont-Neuf. Signé à droite.

36 — CORRÈGE (D'après le). Jupiter et Sémélé.

37 — DEMAY. Fête de village. Signé à gauche.

38 — DRUET (A.) Le Patio.

39 — FRAGONARD(D'après) . Le Verrou.

40 — FRANCK (Sébastien). Le Mauvais riche. Intéressant tableau en bon état de conservation.

41 — GŒNEUTTE (Norbert). Femme au bord de la mer.

42 — GUDIN (H.). L'épave.

43-44 — GUÉ. Paysages avec constructions. Signés et datés 1835. (Deux pendants).

45 — GUASPRE POUSSIN. Paysage de la campagne romaine avec figures au premier plan.

46 — HEEM (Genre de David de). Plat de pêches
et de raisin.

47 — HOREMANS (Attribué à). Danse paysanne.

48 — HUMBERT. Portrait de femme assise.

49 — JEAURAT (Etienne). Jeune fille en buste.
Très bon tableau. Toile.

50-51 — LAROCHENOIRE. Etudes de paysage.
(Deux pendants).

52 — LAURI (Philippe). L'amour et Psyché.
Peinture sur cuivre.

53 — LORRAIN (Ecole de Claude). Bergère
poussant son troupeau sur un pont.

54 — LORRAIN (Ecole de Claude). Bergers et
animaux au bord d'un étang.

55 — MAAS (N.). Portrait de femme.

56 — MAAS (N.). Portrait d'homme.

57 — MONNOYER (Attribué à Baptiste). Un vase
de fleurs.

58 — MONNOYER (Genre de Baptiste). Fleurs,
fruits et oiseaux.

59 — MONTPEZAT (de). Un relai de chevaux.

60 — OSTADE (D'après Van). Villageois accoudé
sur une porte.

61 — PATER (D'après). Réunion dans un parc.

62 — SALVATOR ROSA. Tempête à l'entrée
d'un port.

63 — SARTE (Genre d'André del). La Vierge,
l'Enfant Jésus et Saint-Jean-Baptiste.

64 — SCHAEPS (C.). Le dessert. Signé et daté.

65 — SCHAEPS (C.). Un panier de chrysanthè-
mes et des pommes. Signé à droite et daté.

66 — SCHNETZ. Portrait d'un jeune garçon.

67 — SNAYERS (Pierre). Cavaliers sur une
route.

68 — SWEBACH (Edouard). Halte à la ferme. Signé à gouache.

69 — TÉNIERS (Genre de). Paysage traversé par un cours d'eau.

70 — WOUWERMAN (D'après). Le départ de l'auberge.

71 — ECOLE FLAMANDE. Sujet tiré de l'histoire romaine.

72 — ECOLE FLAMANDE. Allégorie sur la presse.

73 — ECOLE FLAMANDE. Fruits et gibier.

74 — ECOLE FRANÇAISE. Episode des guerres du Premier Empire.

75 — ECOLE FRANÇAISE. Un trompe l'œil.

76 — ÉCOLE FRANÇAISE. Le berger galant.

77 — ECOLE HOLLANDAISE. Scène de cabaret.

78 — ECOLE ITALIENNE. Entrée de Jésus à
Jérusalem.

79 — ECOLE MODERNE. Bord de l'Oise à Creil.

80 — ECOLE MODERNE. Portrait présumé du
Prince Impérial.

81 — Sous ce numéro qui sera divisé seront ven-
dus des tableaux, dessins et gravures non
catalogués.